古道正夫詩集

S村点描

コールサック社

詩集　S村点描

目次

I 木の中の人

I　木の中の人

未来

鳥達の群れ集う森の中で、柔らかい袋に包まれた果実が次第に熟れていく。高い塔のある市場では、人々が真新しい布を求めて行き来している。どこまでも続く一本道を、筒をくわえた犬が目を輝かせて駆け抜けていく。

木の中の人

木の中にいる人はしきりに動いている。鳥のさえずりや風のそよぎに聞き耳を立てている。大地からの水が木の幹を静かに昇っていく。木の中の人は春に咲く花の鮮やかさを思い描く。紅い花びらの降りゆく中で猫のように眠るのも悪くはない。しかし木と共に育つという生き方を選ぶのはなぜか。石のように変わらない生き方もある。青空の太陽よりも満天の星を望むのか。だが木は嵐に揺さぶられることもある。それは摂理だと片付けてしまえるものでもない。木の中の人と対話してみるがいい。深みを知ることからしか新しい一歩は踏み出せないのだ。

見る人

あなたは長い銀の廊下の向こうから、軽やかな足どりでやってくる。体を躍らせて木の階段を上り、鳥達が渡っていく空を飽くことなく眺めている。あなたの目が輝いているのは世界が無垢だからではない。事物の深みを見通しているからだ。あなたの手が触れる時空はまだ混沌のさ中にあり、あなたはそこに仄かな灯りを点そうとして夕暮れの川べりへと歩み出る。世界はあなたに、こんな時間に訪ねてくるのは誰かと問いかける。あなたは告げる、朝の扉が開こうとしており、花匂う谷で仲間達が待っていると。あなたは長い毛の犬と共に森の奥へわけ入り、虫の輪舞や樹々の深い眠りを見る。強い風が森を吹き抜け、新鮮な空気があなたを立て直す。森の言葉はあなたに示唆を与え、標点へと導く。そして未来は湧水のようにあなたの瞳の中に映し出されていく。

同伴者

私の旅は不透明だ。地図を辿れば行き止まる。頼みの肩の妖精は、険しい山道で私を迷わせる。妖精の世話で旅は遅々として進まない。彼女が飲む草の露を探すのも大変だし、見つけても気分次第で飲まないことも多い。夜中にしばしば妖精の繰り言の相手をするのも厄介だ。私は妖精の機嫌をとるために滑らかな白い小石を集めておく。彼女はそれらを道端に並べて網目模様を作りあげる。それは目的地の図示のようだが、或いは妖精の国の建物の一つかもしれない。模様はすぐに崩され、妖精は小石を数えながら川に投げ入れる。すると川は噴水のように吹き上がり、岸辺に赤い花を咲かせていく。妖精のもう一つの楽しみは、私が作る動物の話である。虎の親子が氷を食べる話などは何度も繰り返させられる。中には気に入らない話もあり、狸が踊る話などには怒り出し、私の髪を引っ張ったりする。それでも妖精の笑顔は励みである。日照りの時に彼女が雲を作ってくれることもある。雨の時には見えない傘を出す。妖精とは共に歩むしかないし、これは妖精のための旅なのかもしれない。私はよく自分が妖精の肩の上にいる夢を見る。

笛吹き男

　娘は夜ふけに笛の音がすると、すぐ布団に潜り込む。笛吹き男に連れ去られるのを恐れてである。それはお伽話ではない。最近しばしば子供が行方不明になっているのだ。流砂が街中で発生しているからとも言われるし、竜巻のせいなのかもしれない。廃棄物が街を埋めつつあるし、家々の黒ずみも度を深めるばかりだ。かと言って他の街へ行こうとも同じことだ。私は笛吹き男の手がかりを探し続ける。娘の絵本を念入りに点検するが、誰が悪人なのかは判然としない。新聞は絶え間なく事件を報じるが、犯人の姿は一向に見えてこない。娘と散歩すると大きな黒い車をよく見かけるが、すぐにどこへともなく走り去ってしまう。笛の音がした時にすぐ窓から覗いてみても、人通りのない夜道が続いているばかりである。私は街が溶けていく予感におののく。娘は寝言で、森の小人達が助けに来てくれる、と呟く。それは私にとっても望みであり、そこが最後の砦であるとも思える。

兎の国

兎の国は森の奥。木には数多くの風船が生り、弾んでは空高く舞い上がっていく。兎は柔かい木の葉の布団の上を転がるのが好きだ。木の葉は金色に輝いて飛び散り、澄んだ流れに落ちて小舟となる。小舟が行き着く噴水に兎たちは群れ集う。四方に細く水が飛び、今度は滝のように流れ落ちる噴水。兎がその水を飲んでは眠るのはいつからの習性か。兎は人参を好むというが、この国の兎がものを食べるところを見た者はいない。噴水のほとりには小さなブランコが揺れている。兎はブランコが好きなのだが、腕の力がないので長くは乗れない。噴水にひとしきり堪能すると兎は自分の住処へ戻る。国のあちこちに三角や四角の穴があり、そこが兎の住処である。夜ともなれば兎たちは星の流れに沿って飛び、虫たちがそれに合わせて古の歌を奏でる。朝が来れば兎は次々と岩山に登り、頂の水晶を覗き込んでは緑なす野原へと駆け下りていく。時間がめまぐるしく流れ、しかも静止している国。白い布が空を渡っていく。風にのって響く弦楽の調べ。赤と青の花が道の両側に連綿と続き、兎の国は果てしがない。

雪の中

固い雪を掘っていくと方解石が現われる。それは私に繰り返し突きつけられる謎だ。今は太陽が眩しく照りつけ、毛並のいい狐が雪の上を素早く走っていく。遠くで小川が万華鏡のようにきらめいている。私は長く眠っていたようでもある。まばらに見える木の枝には鳥の影もない。散らばる羽を雪に埋めるのも私の大事な務めの一つだ。長く続く足跡を踏んでいくと、平原のただ中の小屋に辿り着く。私はそこに寝泊まりした記憶があるが、幻想に過ぎないのかもしれない。小屋の遥か先に赤茶けた無人駅がある。それは確かに私が心もとない旅を始めた所だ。軋みやすい列車の窓から見える雪原には、取り残されたような森が点在していた。私は小さき者達への祈りを思い出している。雪はまた前触れもなく降り積もるだろう。私は初めてのように戸惑いながら雪の厚みを踏みしめていくに違いない。

庭

長く草が伸びた道の向こうに、青い石に囲まれた庭がある。庭の中にも丸い石がうずたかく積み上げられている。石の隙間から顔を覗かせる茶色の小動物は、すぐ身を翻して石の奥へ消え去る。太い木の根が庭を這い、枝は遠くまで影を広げている。時折蟬が飛ぶ、光に向かって弧を描いて。かつて山裾の川で石を探したことを私は思い起こす。川底の魚の臭いが今も手に残っている。木片を川に浮かべ、岸にぶつかりながら流れていくのを追いかけていたこともある。今や私の記憶からは全ての青い石の名前が消えている。高い石、平らな石、椅子状の石など、それぞれの石に生命が宿っていた。物心ついた頃、彼らとはいつ果てるともなく対話を続けていた。汗がとめどなく吹き出してくる夏の日、庭とそれに続く土蔵とは一つの閉じた空間であった。雲さえも何かを語りかける形となっていた。坂道を降りるとそこはもう外界で、夢想の余地はなかった。私は娘に絵本を読み聞かせながら、庭の記憶を重ね合わせることがある。娘も私の目を通して庭を見ているかもしれない。私は娘が草を踏みしめながら、目を見開いて庭へと進んでいく姿を思い浮かべる。娘にもいずれ繰り返し想起されていく情景があるに違いない。

橋

橋を渡る。長く続く木の橋を渡る。板が軋む。古びてひび割れた橋板が軋む。葉が揺れる。高く繁る太い木々の葉が風に揺れる。水が光る。静かに流れる細い川の水が木洩れ日に光る。私が橋を渡って進んでいる所は太古より続く湿原である。それは冷気に満ちた深い森へと続いている。橋の下には見知らぬ青い花が数多く咲いている。黒い蝶が惑わすように舞っている。橋は弧を描いて果てしなく続いており、元の所へ戻っているのかとも思わされる。橋のたもとに小屋がある。後をついてきた娘達が、入り込んで歓声をあげている。小屋の二階には多くの古道具があり、人が入れるほどの巨大な壺もある。積みあげられた文書には橋の来歴も記されている。遠くに赤い山が見える。山の色は刻々に移り変わっていく。白い谷では妖精達が絶え間なく行き来している。自然の叡智とは誰が考えた言葉か。元より自然は何も語りはしない。鳥は一心に曇りのない空を渡っていく。大地は多くの化石を包んで広がっている。日が傾く中、娘達だけでなく長い人の列が私に続いている。

気がつくと私の前にも人の列は連なっている。人々の話し声をよく聞くと、誰もが一つのことを語っているようでもある。私は遥か過去の、橋を架けた人に思いを馳せる。仰ぎ見ると、一番星が瞬いている。

寺院

院内の折れ曲がった階段をどこまで上っていけばいいのか。急な段を一つ踏みはずすと果てしなく落ちていくことになる。消えかけた壁画の人物は何を物語ろうとしているのか。窓の外に広がるのも数々の寺院である。私がくぐってきた黒い門が遥か彼方に見える。門からこちらへ向かう人々の列は、途中で青い池の方へと分かれている。池の下にも寺院が眠っているのだろうか。水底の通路を辿ってその寺院を訪れることを私は夢想する。庭園には多くの巨大な石が転がっている。その配列の意味を考えても徒労に終わるだけだ。庭園のはずれの水門橋の方が、よほど何かの指標であるかもしれない。この寺院は何本もの尖塔に囲まれている。私が今いる所は伽藍の半球の中の筈だが、高い塔の中にいるようでもある。寺院の内部は幾度も改装されたように見受けられる。私が通ってきた広間では、多くの人達が静かに祈りを続けている。鐘の音が長く響き渡っている。階段がようやく終わると、今度は長い回廊だ。私は当てもなく進みながら天井を仰ぐ。天井が破れて青空が見えているように思えるのは何故だろうか。その青空を鳥達が横切っていく。雨が降れば寺院は水浸しになるのだろうか。寺院が過去の遺物だとは誰の言うことか。遺産という言葉も適当かどうか解らない。言えるのはただ、寺院が私達と共にあるということだ。寺院をとりまく川は深い沈黙をたたえて流れている。

事件

山が消えた、と繰り返し報じられている。作りごとのようでもあるが、赤土と青空との生々しい対比が私を妙に引きつける。新聞の右下に目を移すと、『地下世界史』の33年ぶり復刊の広告が出ている。それは私の年齢でもある。

窓の遠くから低く重い音が響く。巨大な生き物の足音のようでもある。

私は中国の旅を思い出す。起伏のない大地を走る列車。何年たっても忘れられない。

部屋が微かに揺れている。気のせいだろうか。

明日は水族館だ。水母が頼みの綱だ。

雨が降り始めている。明日はもう山の報道は終わるだろう。そうなれば心穏やかに眠れるのだが。

或る記憶

海辺の村には古びた本屋があった。何人か客があるともう身動きがとれなくなるほどの狭い店であったが、大抵は客の姿もなく、年老いた店主がひっそりと座っているだけであった。何故か二階は古道具屋になっていて、大仰な木のオルゴールや引出しに仕掛けのある机やらが売れるともなく並べられていた。片隅の棚には分厚い原稿の束が無造作に並べられており、そこには村の来歴が書かれているとも言われていたが、手に取る者はいなかった。二階の窓からは村の商店街が一望に見渡せたが、どの店も同じようにうらぶれた有様であった。高潮の時など村はたびたび浸水し、どこの店でも大急ぎで売物を二階へ運び上げるのであった。本屋でも家族総出で本を運び上げるので、水難の後は決まって本の並びが違い、馴染の客を戸惑わせるのであった。村が水に漬かっているうちは人々は舟で行き来したが、そうした時は舟の横を商売物の風鈴や籐細工が流れていたりするのであった。学校は休校となり、肩まで水浸しの銅像が見下ろす校庭には、大小とりどりの魚達が我が物顔に泳ぎ回っているのであった。村の沖には多くの奇岩があり、それらが村に水を呼ぶとも言われていたが、真偽のほどは定かでなかった。ただ確かなのは、かつて一人の娘が村を去った時から水が押し寄せるようになったということである。その娘は五十年たったら戻ってくるという書き置きを残していたのであるが、それは本屋の二階にある古時計だけが覚えていることで、到底人智の及ぶ所ではない。

隣町

幼い私は、祖父と仄暗い山中を歩いている。隣町の紅葉《もみじ》を目指しての旅である。きっかけはよく覚えていないが、当時の私には徒歩での山越えは途方もない試みである。歩いても歩いても高い木々が頭上を蔽っている。と、不意に日が射し、緑濃い池が目の前に広がる。通り過ぎるとまた入り組んだ木立の繰り返し。祖父がいなければ方角の見当もつかない。また不意に数軒の集落が現われる。遠ざかるとまた人気のない山中。時折祖父は思い出したように地名を呟く。落葉に埋まる細い山道の連なり。ようやく眺望が開け、隣町に辿り着いた時の安堵感は何物にも替え難い。肝心の紅葉の記憶は全く残っていない。

里帰りした私は、隣町へと車を走らせている。今は山道ではなく、見慣れた田園風景の広がる車道を進んでいる。後部座席の娘達は猿の話をしている。私は隣町に入るが、目当てのキャンプ場が見当たらない。道を尋ねようにも、どこにも人の姿がない。ようやく細い坂道の脇に看板を見つけて入り込むが、キャンプ場の管理棟にも人がいない。予約したバンガローの鍵だけが受付に置かれている。妻と娘達が広場で遊ぶ間に私は周囲を歩き回るが、遠方からの利用者がいるだけである。星空の下でのバーベキューの味は格別だが、心は晴れない。

実家に着いた私は母から真相を聞く。隣町の住民は一夜にして消え失せたのだと言う。しかも同様の事件は各地で頻発しており、この町も消えるかもしれないと言う。私は耳を疑うが、恐竜でさえ滅びた歴史が頭をよぎりもする。しかしこれは天変地異なのか。何かの企みなら止め得るのではないか。思いにふける私の前で、娘達が畦道を進んでいる。稲穂が風に揺れて光っている。

憲法

その表紙は白く固い。開く時に気を緩めると、手が滑って表紙はまた鈍い音をたてて閉じてしまう。私には細心の注意が必要である。室内を飛ぶ蠅などに気を留めてはいられない。

表紙を開くと署名がある。私にはどうしてもその署名が読みとれない。目をこらしてもその名前は霞むばかりである。こんなことの繰り返しが私を疲れさせてしまう。

私は意を決して本文に取りかかる。だがこれは一層容易でない。一ページ目は黒く塗られている。何が書かれているかは知る由もない。私はページをめくろうとするが、決して次のページへは行きつけない。一枚のページは二枚に分かれる。二枚は四枚に、四枚は八枚にと分かれ、こうして黒い一ページ目が際限なく続いていくのである。

私はあきらめて手を止める。と、ページの中ほどに小さな虫食い穴があることに気付く。見つめているうちに穴は大きくなってくる。いつの間にかそれは、人が入りこめる大きさにまでなっている。

私は穴の中に入りこむ。紙の感触が心地良

い。日の光が射しこみ、私はつかの間安らぎを覚える。だがわれに返ると、日がいつしか翳ってきている。表紙が閉じつつあるのである。やがて私を収めたまま、本は固く閉じてしまう。また長い夜が始まる。

島の素描

島の周りは断崖絶壁で、港はどこにもない。船ではたどり着けず、鳥達に運んでもらうしかない。島は殆ど山といってよく、至る所草むらである。時折現われる集落もどこか幻めいており、人の数も判然としない。島には宝が埋まっており、住人の多くは宝を探しに来た者の子孫だと言い伝えられている。確かに金粉らしい物が道に点々と続いていたりもするが、本物の金だという保証はない。宝石の原石とも思える物が転がっていたりもするが誰かが持ち去る訳でもない。森の奥深い所に五重の塔が立っているが、その由来は謎である。島流しにされた高僧が建てたとも言われるが定かではない。夏の夜には塔の周りを笠姿の女達が踊り歩くが、その時の歌に宝の秘密が隠されているとも言われる。旅人を島へ運ぶ鳥達はこの島にしか棲息せず、本土では天然記念物とされているが、島の住民は無関心である。それよりも目立つのは、人が乗れる大きさの亀達が島中を動き回っていることである。亀は海底の通路から来るらしく、島の住人にもそこを通って海の幸を採る者がいるが、住人の多くは農業を営み、島の外にはあまり関心を示さない。いや、私は事象の表面をなぞっているに過ぎない。真実は見えない所にある。例えば豪雨で土砂が洗い流された時、黄金の山が露わになるかもしれない。だがそれも一面的な見方ではないか。島は長い歳月の間にすっかり変貌してしまったのかもしれない。私やあなたにも何か思い当たる所があるように。

Ⅱ　S村点描

葬礼

Ｓ村は長寿の里として名高い。百歳を超える者も稀ではない。しかもそのほとんどは壮健で、生まれてこのかた病気一つしたことのない者も多い。

それでもいつか死は訪れる。百歳を超えた者には天命の尽きる日が解る。予告の日時に村中の者が集まると、直前まで談笑していた当人は、村人達に一言別れを述べるともう事切れている。

それから七日間に及ぶ葬礼がとり行なわれる。家族の者はほとんど不眠不休で立ち働く。村全体が仕事も休んで打ち集う。

広場に舞台が組まれ、数日に渡って野外劇が上演される。息子もしくは娘が生前の当人に扮し、近親者と共にその一生を演じる。脚本こそないがその演技は真に迫っており、故人の存在の重さが改めて浮かび上がる。村人は家族から饗応を受けながら劇に見入る。

劇中で故人の日記や手紙などが次々と読み上げられていき、その解釈を巡って舞台裏では論議が続く。それによって演者も、後継者としての力量を身につけていくのである。

葬礼の最後の日、劇が幕を閉じると、棺が家を出発する。百歳を超えた者の体は腐臭を発しない。家族の担ぐ棺は村中の家を訪れる。そのつどその家の者は総出で迎え、故人の思い出を口々に語る。鳥達が屋根に羽を休め、その様子を見守る。

棺は村を回り終えると家に戻り、庭に埋められる。やがてそこには一本の木が生え、白い大輪の花を咲かせる。その後には枝もたわわに赤い実が成り、何十年にも渡って家族を養うのである。

伝説

　S村の神社は森の中にある。太い木々に取り巻かれた祠の中には、大きく口を開いた犬の石像が祀られている。その由来については幾つかの伝説が語り継がれている。

　例えばこうである。山奥に生贄の娘を食う神がいた。若い猟師が怪しんで犬を使い退治したところ、神の正体は大猿であった。以来犬を祀るようになったということである。

また、村に恐ろしい疫病が広まった時、黒犬が病を身に引き受けて村を救ったので、魔除けに祀っているともいう。

　大飢饉が村を襲った時、犬が次々と村人の前に身を投げ出し、村人が犬の肉を食べて生きのびたという話もある。

　これらはよく知られる伝説だが、陰で囁かれる伝説もある。その一つは、神になろうとして果たせず、犬になってしまった男の話である。妻も猫となって男の後を追ったという。また子孫が今も健在だともいうが、誰も自分だとは名乗らない。

　憑かれたように犬のことを調べ続けた末、犬の夢を見て悶え死んだ男の話もある。祠を建てたのはその男の両親だともいう。

いずれにせよ、犬への強い思い入れが村人の中にはあり、そのせいか村には犬が多い。一匹が吠えだすとたちどころに広がり、その声は神社にまでも響き渡る。また夏の終わりには犬の面をした男達が神社に集まり、松明を振りながら夜ふけまで歌い踊り続けるのである。

収穫

　Ｓ村の主な作物は米と瓜である。とりわけ瓜は名高い。

　瓜は育てるのにさほど手がかからない。夏の間に瓜はめざましく膨れあがる。雨のたびに青緑色が濃くなり、光沢が増す。列をなすと海のようでもある。

　秋には瓜は、両手で抱えきれないほどに育っている。熟しきると、蔓が音を立てて切れる。あとは転がして運ぶだけである。

瓜を二つに割り、白い果肉をくり抜いて樽に詰める。すると豆腐とチーズの混ざったような濃厚な塊りができる。瓜の皮の方には取れた米を詰め、しばらく寝かせておく。すると瓜の汁が米に艶を出す。日光と湧水の香りが漂う。

この米を炊き、瓜の塊りをかけて食べるのは、村人の好むところである。その際に脳が刺激されるのか、村には弁舌家が多い。

収穫の時には村の動物達も総出である。犬は瓜を転がし、鳥は米を拾う。収穫が済んだ次の日には、村人も動物達も入り乱れて宴会を催す。動物達はそれぞれの言葉で歌い始める。村人もそれに和し、そこには一つの満ち足りた時間が流れるのである。

小屋

Ｓ村には多くの小屋がある。正確な数は解らない。だが一つとして同じ小屋はない。

集落を離れた山中に、唐突に黒ずんだ小屋が現われる。何十年前からあるのか明らかではない。小屋をめざす子供の一団は、そんなことは気にかけない。彼らは軋む戸をこじ開け、次々と小屋の中へ入りこんでいく。

小屋の広さは外からは窺い知れない。子供

達の探索心は否応なくそそられる。一人の子供はうずたかく積み上げられた藁の中に潜りこむ。その子はもはや出てこられない。次の子は古びた農機具の間に入りこむ。その子も戻ってくることができない。また別の子供ははしご伝いに天井裏へと上っていく。そこもやはり迷宮である。

一人の子供が薄明かりの中に取り残される。彼は息をひそめて小窓から外界を眺めている。一人の老人が鍬をかついで歩いているが、彼らを助けに来た訳ではない。

風の音が切れ切れに響いている。小さな紫の花が風に揺れている。小屋はその花の中で揺れている。花びらが閉じると小屋も子供達も消えてしまう。

Ｓ村には多くの子供がいる。正確な数は解らない。だが一人として同じ子供はいない。彼らは小屋の精なのである。

学校

Ｓ小学校の木造校舎は、老朽の極みにある。壁は黒ずんでおり、戸は閉まりにくい。廊下は歩くたびに軋み、特に巨体の校長の歩みは学校中に響き渡る。生徒達は床の割目に潜りこみ、柱伝いに天井裏へ上ったりしている。

もっとも生徒が授業を抜け出すことはない。興味を引かれるからである。

例えば理科は魔術のようである。試験管の

水は七色に変わり、石は光りながら砕け、蝶の群れは教室を飛び回る。生徒達は毎日意表をつかれ、息をのんで見つめている。

社会は村の探険である。それは村の再発見の旅でもある。隠れた旧道、苔むした石塔、知られざる事実が次々と明るみに出、改めて村の地図が作りあげられていく。

そして国語はいうまでもなく、澄んだことばでの語り合いだ。ここでの生徒達はS村人の精神を身につけていく。

S小学校には試験はない。通知表はあるが、それは成績表ではなく、担任からの成長報告とメッセージである。

生徒達は全員花を育て、その観察記録を綴

る。六年の間にそれは膨大な量になる。それと引きかえに卒業証書が手渡される。

卒業式は、学校生活を振り返っての討論会である。生徒と教師は対等の立場で語り合い、お互いの方向を見出していく。

近々新校舎が建てられる予定である。しかし生徒達による花の観察記録や村の地図なども収められた学校図書館は、そのまま残される。それはS村最大の文化遺産なのである。

雨

S村は雨が多い。しかも大抵は大粒の雨で、道はすぐ河になってしまう。子供達はそこに木片の舟を浮かべて競争させる。舟は巧みに石を避け、先へと進む。そのうちに舟は子供達が乗れるほど大きくなっている。彼らは思い思いの姿勢で舟に乗り、歓声をあげて流れていく。

雨の時にはまた、蛙が数限りなく跳ね出て

くる。河は多くの水草が浮かぶかのようである。産卵を終えると蛙達は、すぐ白い腹を見せて死んでしまう。雨上がりは蛙の死骸で足の踏み場もないが、それもやがて鳥や虫がきれいに片付けてしまう。

雨の後には筍が生えてくるが、伸びてきた途端にもぎ取らないと、たちまち長い竹に育ってしまう。うっかりつかまってしまっていると、そのまま高みへ運ばれていってしまう。見下ろすと目も眩むばかりであり、村を一望に見渡すこともできる。

村に雨をもたらすのは、東の山から湧く黒い雲である。このおかげで豊作のことが多い。だから村人達は毎朝山への祈りを欠かさない。

また秋には動物達と共に山へ上り、念入りに清めるのが感謝の習わしである。

蔵

S村ではどの家にも古い蔵がある。その由来は当主にも解らない。

鉄の扉を開けて足を踏み入れると、湿気がまとわりついてくる。出てからもしばらくは悪感が残る。それは長い歳月が空気に泌み込んでいるからである。

蔵の奥の木箱には家系図が納められている。それは一つの名前のみが続いていたり、或いは三つの名前が繰り返される系図であったりする。いかなる事情でか一部が塗りつぶされた系図もある。

他にも多くの古文書が残されている。例えば百年程前に起きた奇怪な事件のことである。祭の日に多くの村人が見守る中、一人の男が大木に溶け込むように忽然と消え失せたというのである。

蔵には数多くの長持や簞笥があり、そのどこかに家宝が隠されているというが、見つかった試しはない。掛軸や置物はよく出てくるが、骨董屋が高値をつけることはない。

どの蔵にも地下室への入口がある。そこからは長い石段が続いている。下りていくとそこも蔵であり、やはり階下への入口がある。下りていくとまた蔵であり、どこまでもこの繰り返しである。

全ての蔵は一つにつながっている。そこは時間のない世界である。

店

S村には一軒しか店がない。しかも小さい店なのだが、それで事は足りている。どの家も食物は自足しており、衣類も手織りなら、日用品も手作りのことが多い。それで足りない物は、時折訪れる行商人から買うこともできる。

従って店の客は稀である。そもそも店の判別も一見では難しい。黒ずんだ看板で僅かにそれと解るのみである。

店が何屋なのかもよく解らない。村の行事で使う物、例えば赤い提灯や木の台や綱といったものが多く売られているようだが、それらは年に一度しか売れない。時計や写真機が店頭に並ぶこともあるが、これも滅多に売れないようである。

以前は酒がよく売れていたが、この酒は村人には強過ぎるらしく、酒の上でのもめ事が絶えなかった。そのため今ではほとんどの村人は、自家製の酒を飲んでいる。

店の上得意は子供達である。彼らは珍しい物を求めて店に立ち寄る。彼らが買うのは小箱の菓子だが、そこには大人達の知らない秘密がある。例えば小箱の中の紙片は宝の地図の一部である。それは濡れると溶けてしまうので注意が必要である。箱自体が手品の道具になっていることもある。中の物が消えたり現れたりするのである。蓋の内側には暗号があったりする。うまく解ければ別の小箱が手に入る。

店は長年女主人が一人で開いている。採算が合うのか不明だが、とにかく店は続いている。もしかすると動物達も客として店を支えているのかもしれない。穴熊が小金を貯めているというのはよくある噂である。

牧場

牧場はＳ村の集落からかなり離れている。子供達にはちょっとした遠出である。牧場への道はすぐ草に蔽われてしまう。慣れない者は迷いがちである。

いつ牧場に着いたかも解りにくい。この牧場には柵がないのである。牛達が悠然と動き回る範囲が牧場なのである。

他にも馬や羊や鶏などがいるが、やはり思

うがままに動き回っている。ただ、幼い者には世話役の牛が鋭く目配りをしている。その鳴き声が響き渡ると、谷の方へ迷い出そうなヒヨコも足を止めるのである。

牛達は働き者である。牧場の売り物のチーズも、ほとんど牛達が自力で作ってしまう。足で道具を扱う様も巧みである。

人間は常時いるのではなく、また人間が世話をする側とも限らない。人間が馬に食事を届けてもらったり、鶏に宿舎の掃除をしてもらったりもする。

牧場を訪れる子供達は馬に乗せてもらったり、羊に触ったりして遊んでいる。そうやって彼らは動物の言葉を覚えていく。それはS

村で生きるための通過点である。

牧場がいつからあるのかは定かでない。また、誰も牧場の全容を知らない。もしかすると、S村の中に牧場があるのではなく、牧場の中にS村があるのかもしれない。

宿

Ｓ村の宿は崖の上にある。足場の悪い急な坂道を上っていくしかない。虻や蚊にもしばしば悩まされる。

宿には電気も水道もない。明かりは行灯だし、水は桶で運び上げられてくる。食卓に並ぶのは山で採れるものばかりで、特に味がいいのは茸なのだが、食べるとしばらく体が痺れるのが難点である。

猿や鳥達もよく来るので、あちこちに毛や羽が散らばっている。動物の臭いが気になる者は泊まることができない。

小さな宿だがその全容は解りにくい。木や岩に遮られて外を一周できないせいもある。廊下は狭く入り組んでおり、よく覚えておかないと自分の部屋に辿り着けない。

宿は戦国時代に落武者が開いたと伝えられるが、定かではない。男は村の娘と共に宿を営んでいたが、追手に見つかり、崖から二羽の鳩となって飛び立ったと言う。やがて成人した息子が舞い戻り、その子孫が今の主人だとのことである。

そのせいか、宿の羽織をまとって崖から飛

ぶと、しばらく宙に浮いていられる。旅人はS村を存分に見渡してから、ゆっくりと地上に下り立つ。ただしこれができるのは一度限りで、次からは羽織に袖を通すこともできない。

それは忘れ難い体験であるが、さらに心に残るのは一夜の夢である。そこではこの数百年間のS村の人々が順に現われ、村の歴史を語る。目覚めた旅人は夢の濃さにしばし茫然とし、思いのたけを記帳して宿を立つ。そして旅人はS村と共に生きていくのである。

出生

　Ｓ村には産院はなく、出産は家の中でなされる。屋根の上の猫がひときわかん高く鳴くと、間もなく産声が響き渡る。

　それから全ての村人が家を訪れる。祝に自分が育てた作物を、子の名前を書いた半紙で包んで携えている。こうして村中からその子の名前の候補が寄せられる。両親は全ての半紙を並べ立て、子の名前を七日間かけて決める。そしてその名を記した旗を掲げて村を歩くのである。

一か月が過ぎると、両親は子を連れて山に上る。山頂までの道のりは険しいが、誰も厭わない。山頂近くに洞穴があり、奥まで入るのが習わしとなっている。洞穴の中は深い闇だが、臆病な親も懸命に手探りで奥へ進む。すると光る湧水があり、その水で体を拭かれた子は久しく病気をしない。

山頂では鳥達が舞い、虫達も集って祝福する。樹々のさざめきを耳にして子はしきりに声を出す。両親は村を見下ろし、考え抜いた誓いを叫ぶ。村人達はそれを聞きとどけ、宴の仕度に取りかかる。

宴では村人は次々と子育ての体験を語る。そこでは古い衣類や玩具などが贈られるので、両親はほとんど揃える必要がない。その代わりに両親は、子育ての記録を綿々と書き残す。それを成人したわが子に贈ることが、S村の成人式なのである。

医院

Ｓ村の医院は松林のはずれにあり、ほとんど蔦に埋もれている。そばの畑で採れる人参は村一番の味だと言われている。

医師は村でも有数の高齢者らしいが、正確な年齢は知られていない。彼は毎日錆びた自転車で現われ、熱い牛乳を飲んでから診察に取りかかる。診察といっても、村人と家族や趣味などについて雑談をするだけである。稀に寝台に横たわる者もいるが、それは安眠のためだけのようだ。しかし誰もが晴れやかな顔で帰っていくので、何らかの効用はあるらしい。

看護師は特に診察の介助をするでもなく、日誌をつけるのに忙しい。合間に庭に出ては落葉を掃いたり、池の鯉に餌をやったりしている。

待合室には常に多くの患者がいるが、誰も病人には見えない。しかし医院から拒まれることはない。また保険証や診察代も不要である。一説には、村人達が著しく健康になったのはこの医院ができてからだという。

待合室の木の置時計は医師の手作りだと言

われ、兎達が踊りながら時を告げる。その下にあるゲーム盤は絵を組み合わせて物語を作るもので、それに取り組むだけでも医院に来る甲斐があるという者もいる。

　待合室の埃まみれの書棚に、医師の来歴が書かれた本がある。それによると彼の祖先が村の創設者だったらしいのだが、誰もそれを気に留めはしない。村人にとって大切なのは今、そして明日なのである。

保育所

S村の保育所には屋根も壁もない。園庭が遥かに広がるばかりである。子供達は地面に石で線を引き、思い思いの部屋を作る。そこは工夫された家具や手料理に満ち、来客で賑わっている。

穴掘りに熱中する子もいる。穴の中に捕えた虫達を入れておくと、やがて彼らは塚を築き始める。羽化して一斉に飛び立った後の塚は、椅子として腰を休めることができる。

高く聳える太い木に登るのも楽しみである。この木の実はもいでもすぐ新しく成るので、欲しいだけ実を取ることができる。実は柔かく弾力があり、口に入れた当座は酸っぱいが、噛んでいるうちにこの上ない甘味を帯びてくる。ただし置いておくとすぐ蟻達が運んでいってしまうので注意が必要である。

園庭を流れる川では舟遊びが定番だが、川底から宝物を探し出すのもまた格別である。それらは分類され、品評会にかけられる。自分の見つけ出した宝の価値を伝えるために子供達は熱弁をふるう。

雨の日は水のこない洞穴で過ごす。手遊び

や隠れんぼが主だが、奥までの探険もひそやかな歓びである。思いがけず別の出口があり新たな遊び場を発見することもある。

保育所には大人はいない。いるのだが子供の目にはとまらない。子供と同化しているのである。全ては子供の世界の営みである。

S村の保育所は至る所にあり、いつでも入園できる。村が一切をまかなうので保育料は不要である。そう、子供は村の財産そのものだからである。

絵図

S村の古びた寺の本堂の隅に、一枚の絵図がある。物陰で目立たないが、たまたま見つけた子が憑かれたように眺めていたりする。その子は後で高熱にうなされる。

それは写実的な地獄図で、灼熱地獄で赤鬼が人を焼くさまは、焦げ臭さが漂うほど生々しい。無間地獄に裸の男達が叫びながら落ちていく場面も、髪の毛が逆立ってくる。大人の神経でもその地獄の数々には堪え難い。

地獄図の来歴には諸説があるが、有力なのは寺の住職の祖先が侍であったという説である。その男の主《あるじ》は多くの寺を焼き払い、村を根絶やしにしたという。男はその弔いに寺を開き、地獄図を掲げたという。

遠い異国の地から来たという説もある。地獄図を持ち込んだ男は譫言を口走り、全身から血を噴き出して死んだという。

いずれにせよ忌まわしい過去が想像され、多くの人はその図を避ける。だが村には幾つかの複製図がある。それらはやはり生々しいが、どこか元の図と違っている。天国が垣間見える図もあり、鬼達が地獄に落ちていく図もある。絵を柔らげて絵本にしたものもあり、それは手垢にまみれている。

恐ろしい伝説がある。その図は過去のS村だというのである。もっと恐ろしいのは、それが将来のS村だという言い伝えである。村人達は知っている、地獄の戸口はどこにでもあると。S村が穏やかなのはその自覚の故であり、絵図が残る理由もそこにある。

祭

S村の村祭には、多くの山が現われる。それは祭のために作られた山であるが、木も生えており、虫も棲んでいる。祭の季節には花が咲き、鳥も巣を作る。

この山を各集落から祭の森まで運ぶのは大仕事である。太い綱に屈強な男達が群がり、声を合わせて力の限り引くのだが、山はゆっくりとしか進まない。村人達は家々の窓から山の引かれていく有様を見る。山に種を投げるのはよく見られる光景である。この種が芽を出し花を咲かせると、その家には幸運が訪れるという。

山が運ばれる傍らでは、踊りの列が続く。動物達も加わって長い列となる。仮装した村人達が寸劇を演じることもある。それは村の起源を示す劇らしい。海の中の神社が山の上に移るといった逸話が演じられる。その故に先祖は海を渡ってきたという説も唱えられる。

森の中の広場に山が揃うと壮観である。子ども達は山に登り、車座になって餅を食べるのが習わしとなっている。村の餅は庭のモチクルミの葉の上に置くと、たちどころに包まれ、葉の汁が沁みて美味となる。その恵みを受けられるのはこの季節だけである。餅を食べ終えると、モチクルミの葉は風に吹かれて蝶のように飛んでいってしまう。どこかの地に落ちて芽を出すのである。

それから山上で子ども達は笛太鼓に合わせて歌い、周囲では村人も動物も入り混じっての踊りとなる。鳥や虫も音楽にのって森を舞う。一帯を雲が蔽うかのようである。その為か、祭の翌日は決まって雨になる。そしてまた、祭の山の木は育っていくのである。

雪

　Ｓ村の雪は降り積もるのではない。大地から湧き出てくるのである。その証拠に、昼間降る雪は地に落ちて消えていくばかりである。そして夜の間に降る気配もないのに、朝には一面の雪景色が広がっている。

　Ｓ村では雪かきをしない。雪の量が半端ではないのである。村人達は、自分の背丈を越える雪の上を平然と歩いていく。雪は既に固まっており、体が沈んでいく心配はない。誰かが雪に埋まって死んだという話も聞いたことがない。

　村人達はこの時とばかり、高い山をめざす。そして普段は手の届かない高い木に成る、小さな赤い実を集める。それから木の下を丹念に掘っていくと、丸い餅が現われる。いつから埋まっていたのかは謎である。埋まっている場所を見つけ出すことは、熟練した者にしかできない。この餅の上に採ってきた赤い実を飾り、木の枝の囲いの中に供えるのがS村の正月の習わしである。

　村の子達はしばしば雪で人形を作る。雪だるまではなく、人間に近いものである。そのためか、一夜明けるといなくなっていることがたびたびであり、どこかへ遊びに行ってしまうらしい。山の奥にはそうした雪人形達が暮らしており、時折連れ立って村を訪れるとも言われている。

また子ども達は雪に横穴を掘り、雪の街を作りあげることもある。彼らはその中で食事をしたり、遊んだりする。街は丈夫で、冬の間中そのまま保たれる。街の地図も作られ、長く伝えられていく。

春が訪れると、雪は一夜にしてかき消えてしまう。だがそれで終わりではない。S村では春の初めに咲くのは白い花ばかりである。白い蝶がその周りを舞い、白い衣装の若者達が村を練り歩いて雪の季節を送るのである。

怪異

S村には物の怪が数多く棲みついている。

夜道を一人で歩いていると、目の前に影が広がってくる。影は道を覆い、辺りは闇に包まれる。人は道に迷い、元の所へ戻ってしまう。

川縁を通ると囁き声がする。何の姿も見えないが、大事なことが語られているようである。川へ引き込まれないように耳をふさいでいる。

通り過ぎないといけないが、当分は囁き声が頭を離れない。

木の上には大きな塊がいる。その正体を確かめようと木に登った男がいる。塊がいた所まで登ってみると何もいず、塊はもっと上の方にいる。男はさらに上へと登るが、気がつくと木の根元でもがいている。服は泥まみれで、地の底から這い出してきたようだったという。

軒下で雨宿りをしていると、傘をさしかけてくれる女がいる。色白で髪の長い若い女である。ついていくと古びた大きな屋敷へ案内される。入り組んだ廊下を通っていくと、美しい中庭へ辿り着く。池の中の蓮の花の方へと進んでいくと、いつの間にかずぶ濡れで道端に立っている。

　大人はしばしば物の怪に誑《たぶら》かされるが、子供達にはそのようなことはない。彼らは物の怪と友達である。森の中では汗だくになるまで鬼ごっこを楽しむ。それは大人には語られることのない秘密である。成長するにつれ、その秘密は記憶の彼方へ飛び去ってしまう。

　物の怪は災いを招くとも言われるが、そうではなく、災いが起こりそうな時に警告をするのだという説もある。物の怪が目立つのは天変地異の兆しであり、数百年前の大地震の時もそうだったという。では近年物の怪の噂が絶えないのは何の予兆か。心さざめく日々を村人は過ごし、月は語る気配もなく輝いている。

予言

予言者はＳ村のはずれに住んでいる。かなりの高齢で滅多に姿を見せないが、現われた時には白髪を振り乱し、重々しい口調で村中に予言を告げて回る。

予言の一つに、魚が空から降るというのがあった。誰も信じなかったが、或る日突然に生きた魚が数多く家々に降り注いだ。竜巻のせいとも考えられるが真相は不明である。

村に温泉が湧くというのも思いがけない予言であったが、今やその温泉は村人や動物達の憩いの場である。

新しい道ができるという予言もあり、一夜にして山中に広い道が通ったことで今や山越えの苦労がない。

村人達は大抵の予言には驚かなくなっていたが、今回の予言には戸惑いを隠せない。予言者は叫ぶ、大洪水が来る、津波が村の全てを押し流し、あとには何も残らない。津波の後には死の灰が降り続き、村を埋め尽くしてしまう。村には何十年も、いや何百年も、人ばかりかいかなる生き物も住めなくなる。

村人達には予言が受け入れ難い。村は海か

ら遠く、大津波など考えられない。死の灰という物も一体どこから来るというのか。

だが村に異変が起こり始める。鳥や虫の鳴き声が途絶える。川の魚達も姿を消し、猿や穴熊達も山へこもってしまう。飼われている犬や猫、牛や鶏も鳴くのをやめ、何かを待ち受けるかのようである。花は季節はずれに咲き、実を落とす。その実がなくなっていくのは、動物達が遠くへ運んでいくからなのか。

村人の中にも、何かの前触れだ、かつてない災いが起こるという声がある。だが真実は想像を絶している。残された時間は僅かしかない。村人達には村を捨てることはできない。答えはどこにあるか。あなたにはそれが語れるだろうか。もう一度S村の全てを振り返って、まっとうな答えを出してほしい。

移住

Ｓ村では大津波と死の灰の対策が話し合われた。そして村人達は知った。海辺に魔法の箱があり、人々に幸をもたらすというが、水をかぶると死の灰を撒き散らすのであった。そうなっては止めようがないが、今なら都には止める手だてがあり、止めるしかないのは明らかであった。

村人と動物達は都を目指し、長旅の末に宮

殿に辿り着いた。城壁は牛達が突き破った。犬達がかぎ回り、大臣達に吠えたてた。大臣達は長く都に住みついた古狸であった。鶏達が突つき回し、狸共は散り散りに逃げていった。そして魔法の箱は取り壊された。

だが死の灰は防げても、大地の怒りである大津波は防ぎきれない。防波堤を築いても、大津波はそれを越えてしまう。村は滅びるしかないのか。重苦しい空気が漂った。

その時、長老が語った。S村は滅びない。我々は移住する。だがそれは村を捨てることではない。我々の先祖も災厄を避けてこの地に住みついた。また同じことを選びとる時だ。村人達は真実を知った。移住とは村を捨てることではなく新しい村を作り出すことだと。

村人達は移住先を探した。そしてふさわしい土地を高台に見つけ、新しいS村の建設を始めた。家々が立ち並んだ時、村中総出で引っ越しを始めた。動物達も力を合わせて荷物を運んだ。全ての植物の苗や種も運ばれた。村に古くから伝わる多くの品が運ばれ、あるべき所に据えられた。

新しい土地への移住が済んだ時、大地震が起こった。かつてない大津波が海辺の町を越え、S村に届いた。村人達は高台からそれを見守っていた。波はS村の家々を、田畑を、神社や寺を、学校や保育所を、店や宿や医院を、その他全てを呑み込んでいった。波が引くと、S村だった所には何も残ってなかった。
それが新たな始まりだった。

起源

あなたにはS村が見えるだろうか。

S村の起源には幾つかの説がある。別の地に住んでいた人々が災厄を避けて移住してきたというのが定説であるらしい。だがそれが真実とは限らない。

よく語られる伝説によれば、隷従の身であった少年と少女が追手を逃れて辿り着いた地に村を築いたということである。その時の住まいの跡に地蔵堂が建ったと言われている。

人ではなく動物達が村を興し、その後に人々が呼び寄せられたという説話も根強く残っている。確かに牛や馬達の多大な働きがないと容易に開墾はできなかったと察せられる。

多くの説が一冊の書に記されているらしい。だがその書の存在も判然とせず、それ自体が一つの伝説と化している。長老の意を受けた栗鼠が隠し回っているとも囁かれている。

真実を語ろうか。どれもが真実であり得る。何故ならS村は一つではないからである。あなたはもう気付いていただろうか。S村はこの世界のあらゆる地方に存在している。

或る地方の村をS村として想定する人もいるだろう。それはそれで構わない。だがS村は実は村ではなく、一つの集落なのかもしれない。或いは一つの地方全体かも知れない。

さらに言うならば、全ての村はS村なのかもしれない。もう少し正確に言おうか。S村は土地のことではない。村に生きる人々、また動物達がS村である。

その地の草木や風や水もS村であると言うと、それが土地だと言われるかもしれない。だがそうではなく、それらが人の心に根付くとき、そこにS村が生まれるのである。

つまり想像力の産物がS村である。あなたがS村を信じる時、そこにS村が生まれる。

それは決して滅びない。想像力は永遠に続いていくからである。

解説　「S村」は私たちの心に昔も今も未来も住み着いている村
――古道正夫詩集『S村点描』に寄せて

鈴木　比佐雄

1

名古屋市に暮らす古道正夫氏は、一九九二年に散文詩の第一詩集『H市断章』を刊行した。そして今回、同じく散文詩の第二詩集『S村点描』を三十数年ぶりに刊行した。その間には名古屋市の詩誌「沃野」で古道氏は詩作を続けていた。私は「沃野」の社会性や日常性の強い詩篇の中にあって、その独特な文体で未知の世界を創る散文詩を読み不思議な魅力を感じていた。

古道氏は『H市断章』のあとがきで、影響を受けた作家・表現者の作品としてカフカの「城」、ボルヘスの「会議」、中島みゆきの「歌姫」、そして壺井繁治の「詩的散文」の詩論を挙げている。壺井繁治からは「抒情が批評となる」ような「精神の集中的表現」や「壮大な構想力のある叙事詩」などの詩論に刺激を受けたのだろう。

ところで散文詩と言えば、『詩と詩論』（昭和四年九月）で北川冬彦は、フランスの詩人・小説家でピカソと立体派の運動を共に起こした画家のマックス・ジャコブが一九一七年に刊行した散文詩集『骰子筒《さいころづつ》』の一部を翻訳し、その「ジャコブの散文詩論」も詩人だけでなく小説家や多くの表現者たちに紹介し、自らが中心になり「新散文詩運動」を始めた。また戦後も北川冬彦は主宰する詩誌第二次「時間」においても、「ジャコブの散文詩論」を中核にして実践していった。「ジャコブの散文詩論」の趣旨は「詩は現実の模写ではない。作品は現実から一定の位置を占め、作品自体が形成する現実を持たねばならぬ」という文学言語の独自な立ち位置を模索する詩論だろう。このことはある意味で小説や絵画などの表現世界では当たり前のことに思われるが、韻文詩と自由詩の歴史に呪縛されている詩の表現世界において、あえて「現実から一定の位置を占め」るということを主張し、その位置と同時に詩作品のスティル（スタイル）によって自らを表現する意志をジャコブは『骰子筒』で展開した。それはボードレールの散文詩集『巴里の憂鬱』の自由の精神を追求する詩的精神を引き継いでいるのだろう。このことに呼応した北川冬彦たちの「時間」における「新散文詩運動」は戦後詩においても重要な役割を果たし、今もその影響を与え続けている。

また戦後の散文詩の代表的な詩人と言えば、一九五六年に詩集『虚像』を刊行して数多くの散文詩集を刊行し二〇一七年に他界した粒来《つぶらい》哲蔵がいる。米沢市に生まれ後に母の実家の古河市に暮らしながら生涯にわたり散文詩を書き続けた。粒来哲蔵は詩集の「自序」の中で次のように自らの散文詩の試みを誠実に問いながら散文詩を書かざるを得ない心境を明らかにしていて、きっと後に散文詩を志す詩人たちに影響を与えたと思われる。自序の一部を引用する。

《個人と普遍、不条理と論理の同時に対立する現実を、抽象的に変形したり、又はもの柔らかく歌いあげたりすることが私にとって不可能となった時間から、私は言葉のもつ記述的な効率を詩の中でどのように験してよいものかと考えていたのです。

私がこの寓話の中で問いかけるものは、畢竟私の問そのもののこと、即ち私とは何かということです。私は私と対峙するものとの依存関係の中にしか未だ私を見出していません。その依存関係が私に執拗な追求を倦ませぬ唯一の主題となりました。》

この散文詩の詩論のような「自序」には、散文詩を特徴づけるキーワードが幾つも記されていて、その根本的で存在論的な問い掛けが自らの実存を通して語られている。例えば「個人と普遍、不条理と論理の同時に対立する現実」、「言葉のもつ記述的な効率」、「寓話の中」で「私とは何か」、作者と言葉との「依存関係」と言うキーワードは、詩の中に生きることの意味を問わざるを得ない過剰な自意識を持った表現者たちが存在することを告げている。粒来哲蔵の従弟で古河市に暮らしている粕谷栄市氏もまた散文詩集『世界の構造』を刊行し、自らの詩作を「不安な型式」とも語っている。粒来哲蔵は散文詩の特徴を「記述性」であり「追跡の意識」とも言っている。二人の散文詩は自他の強烈なルサンチマンを深層に秘めていると同時に、「世界の構造」に深い絶望を懐き、もう一つの別な世界を言葉で作り出そうとした詩篇であり、人間の已むに已まれぬ「魂の在りか」を追跡する散文詩であることは確かだろう。粒来哲蔵は北川冬彦の「新散文詩運動」を踏まえて、北川の主宰した「詩・現実」に散文詩を発表した千田光、戦後初期の祝算之介の詩集などにも影響受けてその散文詩を突き詰めていったのだろう。

古道氏の散文詩もまたマックス・ジャコブ、昭和初期の北川冬彦、安西冬衛、尾形亀之助、千田光、戦後の粒来哲蔵・粕谷栄市などの数多くの散文詩を切り拓いてきた系譜に深くつながっているが、それを踏まえて独自の散文詩を目指していることが本詩集によって明らかになるだろう。

2

第二詩集を紹介する前に第一詩集『H市断章』の中の詩「H市にて」前半部分を引用したい。

原爆ドームのまわりには、ほとんど人影がなかった。カーキ色の作業服姿の数人の男が図面を囲んで囁くように話しているのだけが目立った。黄色いヘルメットにサングラスの取り合わせが妙に不快感を与えた。僕がドームを写真に収めようとすると、彼らの一人が気付いて歩み寄ってきた。

——写真撮影は禁じられています。

抑揚のない、しかし聞き手に圧迫感を覚えさせる言い方であった。僕は口を動かしかけたが言葉が出ず、結局黙ってその場から立ち去った。

ドームから少し離れた所に、滝のような顎鬚の老人が独り佇んでいた。半ばケロイドに覆われた顔は、ずっとドームの方を向いたままであった。彼は誰にともなく静かに呟いた。

――原発を作ろうとしているんですよ。

一瞬、〝原爆〟の聞き違えかと思った。

――原子力発電所ですか？

老人はこちらを見ずに頷いた。

――まさか……では、あの原爆ドームを取り壊すんですか？

――いや、あれをそのまま原子炉の外壁にするんですよ。爆心直下でも残った建物だから安全性は充分だという言い草でしてね。

老人は真顔であった。僕は彼の妄想を正す気にはなれなかった。／（略）

この第一詩集『H市断章』二十五篇の「H市」とは広島市のことを指している。広島市は「ヒロシマ」では無く、なぜ「H市」なのだろうか。それは古道氏の詩の位置であるから「H市」でなければならないのだろう。古道氏は原爆ドームに引き寄せられるように通っているうちに、広島原爆で被爆死した人びとを悼みながらも、生き延びたが放射能被害で苦しみ贖罪感を懐いて生きる被爆者の経験は、とても貴重なものであることに気付いたのだろう。そこで広島で生き延びた人びとが放射線被爆（被曝）で苦しんでいる実相を知り、その核兵器技術を応用した原発が事故を起こせば、人体の細胞を被爆（被曝）させることに恐怖を抱く。しかし一瞬で核爆発させる原爆とゆっくりと核爆発させる原発とは、大量破壊兵器の武器と暮らしを支える巨大な発電機であり、全く使用目的が異なるから、原発は肯定されるべきだというロジックに対して、古道氏は違和感を懐いたのだろう。原爆は目に見えるきのこ雲の下の人びとの肉体を瞬時に破壊するが、原発は何十年もかけて被爆者（被曝者）たちの細胞を蝕み、ある意味で目に見えない形で生きる時間を破壊していく。そのことの問題点を指摘するために、古道氏はその原理的には同じ科学技術である原発事故の恐れを深刻に考えない「安全神話」の下で原発事故は想定外としている、多くの日本人たちに警鐘を鳴らしたのであろう。原爆の存在を否定するならば、原発の存在も同じように否定すべきであり、もしそうでないなら、原爆ドームの中に原発を新たに建設するようなものだ、と半ケロイドの被爆老人に逆説的に語らせている。『H市断章』は一九九二年に刊行されたので、きっと旧ソ連時代の一九八六年に起きたチェルノブイリ原発事故の深刻さを念頭に置いて書かれたのだろう。古道氏の散文詩は、粒来哲蔵や粕谷栄市氏の「私とは何か」という実存論的な散文詩というよりも、マックス・ジャコブの「個性は芸術を殺す」という無私に向かう散文詩論に近いかも知れない。そのジャコブの散文詩「戦争」、北川冬彦の散文詩「戦争」・「風景」のような、社会構造の問題点に加担してしまう人間存在の在り様を抉り出すような散文詩に本質的には近い。けれども北川冬彦のような切迫した時代の絶望感や崩壊感覚はない。むしろ現代の科学文明の破滅していく「未来」から、本来的な在り方に立ち還っていくような「未来」を創り出す希望を感じさせてくれる散文詩だと私には感じ取れる。

3

今回の第二詩集『S村点描』は、Ⅰ章「木の中の人」十五篇とⅡ章「S村点描」二十篇の計三十五篇から成り立っている。これらの詩を通読すると、古道氏の散文詩には、粕谷栄市のような「不安な型式」の散文詩とは異なり、むしろ現代があまりにも「不安」であるからこそ、本来目指すべき心を和ます「楽園」を作り出している意識があるように私には考えられるのだ。それらの詩篇が、私たちの暮らす世界に隣接する、もう一つの別世界へと私たちの意識が純粋に目覚めれば、確かにこの世界に存在しているように描かれていることを知らされるのだった。

Ⅰ章「木の中の人」の初めの詩「未来」を引用する。

鳥達の群れ集う森の中で、柔らかい袋に包

まれた果実が次第に熟れていく。高い塔のある市場では、人々が真新しい布を求めて行き来している。どこまでも続く一本道を、筒をくわえた犬が目を輝かせて駆け抜けていく。

この詩は「未来」と名付けられている。「未来」にはきっと森の中に人間の果樹園や町が共存していて、鳥に食べられないように袋に包まれている果実が、人間のものだと鳥に伝えているのだろう。高い塔とはパリのエッフェル塔とか東京タワーのような電波塔であり、その近くには市場があり、人びとが新しい布を求めて群れ集うのだろうか。布というからには人びとはミシンなどで裁縫して衣服などの身近なものを作るのかも知れない。その後に「筒をくわえた犬」という表現の「筒」が分かり辛いが、不思議なことに私は先に触れたマックス・ジャコブの散文詩集『骰子筒《さいころづつ》』を思い浮かべてしまった。骰子を入れておく筒をくわえる犬とは、きっと古道氏のような「新しい散文詩」を書こうとする詩人たちの暗喩であり、その挑戦する犬のような眼をした詩人が町の一本道を「目を輝かせて駆け抜けていく」のだろう。

Ⅰ章の三篇目の詩「見る人」を引用する。

あなたは長い銀の廊下の向こうから、軽やかな足どりでやってくる。体を躍らせて木の階段を上り、鳥達が渡っていく空を飽くことなく眺めている。あなたの目が輝いているのは世界が無垢だからではない。事物の深みを見通しているからだ。あなたの手が触れる時空はまだ混沌のさ中にあり、あなたはそこに仄かな灯りを点そうとして夕暮れの川べりへと歩み出る。世界はあなたに、こんな時間に訪ねてくるのは誰かと問いかける。あなたは告げる、朝の扉が開こうとしており、花匂う谷で仲間達が待っていると。あなたは長い毛の犬と共に森の奥へわけ入り、虫の輪舞や樹々の深い眠りを見る。強い風が森を吹き抜け、新鮮な空気があなたを立て直す。森の言葉はあなたに示唆を与え、標点へと導く。そして未来は湧水のようにあなたの瞳の中に映し出されていく。

「あなたは長い銀の廊下の向こうから、軽やかな足どりでやってくる」という詩の「あなた」とは、誰を指しているのだろうか。「あなた」は、一日の授業を終えた新任の青年教師であるか、もしくは敬愛する老教師であるか、もしくは聖なる存在者のように、読者の想像に任せて入れ子のような構造を持っている。古道氏の「あなた」はあまたの存在者として読解が可能にされているのだろう。この散文の意識の流れは純粋な精神の眼差しが、「鳥達が渡っていく空を飽くことなく眺めている」だけではなく、「事物の深みを見通しているからだ」と言う。つまり事物の本質を透視してしまう精神があることを告げている。「あなたの手が触れる時」に夕暮れの川べりに「仄かな灯りを点そう」と試みる。すると「世界はあなたに、こんな時間に／訪ねてくるのは誰かと問いかける」と言う。すると「あなた」は世界から訪ねてくるものたちが「花匂う／谷で仲間達が待っている」、と告げるのだ。そして森の昆虫や小動物や樹木や吹き抜ける風に会いにゆく。そんな仕事を終えた解放感に満ちた夕暮れの川べりや森の中のひとときに、「未来は湧水のようにあなたの瞳の中に映し出されていく」のだろう。古道氏の散文詩の特徴は、私たちの忙しい時空間の流れの中に、異次元のような裂け目を見出し、そこから本来的に立ち還りたい世界を見い出して、さらに広げて憩いの時空間を見させてくれることだろう。そのためには散文詩の試みはとても有力な方法であるのかも知れない。

Ⅱ章「S村点描」二十篇には、古道さんにとっての「S村」でのあたりまえの日常と時に不可思議な非日常やその来歴が克明に記されている。初めの詩「葬礼」では百歳を超えるのも稀ではない長寿の村である「S村」では、天命が尽きると、七日間の葬礼がとり行われる。その葬礼について克明に伝えている。その他の詩「伝説」では「犬の石像」の由来について、詩「収穫」では名産の「瓜」の調理法について、詩「小屋」では多くの「小屋」に消えた子供たちについてその事物を物語っている。また次の詩「学校、雨、蔵、店、牧場、宿、出生、医院、保育所、絵図、祭、雪、怪異」では、「S村」の細部である教育、保育、医療、祭、妖怪、寺の地獄図、自然環境などについて語り継いでいる。

ところが最後の三篇の中の「予言」、「移住」では、「S村」の予言者が近未来の洪水・津波・死の灰による村の崩壊を予言、移住した高台から村人が大地震と大津波などによって「S村」がこの世界から消えてなくなることを記している。そして最後の詩「起源」では消滅したS村の起源についての多くの説について多様な解釈などが記されている。最後まで読み終えると、果たして「S

村とは何であるのか」という問いが湧き上がってくる。もしかしたら「S村」とは、私たちの住む地方の市・町・村であり、実はこの国の近未来であり、何度破壊されても立ち直っていく底知れぬ力を秘めた民衆たちがいる村なのかも知れないと考えさせられるのだ。すると連作散文詩「S村点描」とは現代の予言の書であると言えるだろう。古道氏は「起源」の最終連で次のように物語っている。

つまり想像力の産物がS村である。あなたがS村を信じる時、そこにS村が生まれる。それは決して滅びない。想像力は永遠に続いていくからである。

古道氏は「S村」が私たちの心に昔も今も未来も住み着いている村であり、私たちの永遠の故郷として創り続けていくものだと告げているのだろう。

あとがき

前詩集『H市断章』から三十年以上の歳月が過ぎた。その間日常生活に追われ、他の書き手との交流も少ない日々を過ごしていたが、作品は脈々と書き続けていた。

連作「S村点描」は阪神大震災の起きた一九九五年に書き始め、東日本大震災を経て二〇一四年に完結した。それから十年を経て退職間際にようやく発刊の運びとなり、間延びするにも程があると思わずにはいられない。

この連作は私の故郷の記憶を踏まえており、自分なりの『遠野物語』を書きたいという思いもあった。さらに言えば、ガルシア＝マルケス『百年の孤独』を意識してもいる。この世界文学の高峰を引き合いに出すのはおこがましくもあるが、逆に影響されずにはおられないという気もする。

しかし私はS村を蜃気楼の村にはしたくなかった。考え抜いた末に導き出した結末だが、どう受け取られるだろうか。

とは言え現実には、「隣町」で触れたような事態も起きている。想像の上をいくようなこの国の状況にどう向き合えばいいのか、書き手として常に心しなければと思う。

第一部には「S村点描」と同時期に書いた作品を収めた。「S村点描」連作に比べ、散文詩としての完成度が上の作品も幾つかあるかと思うが、自己満足に過ぎないかもしれない。

作者が何を言おうと、読み手の受け取り方が全てである。何かしら心に残るものがあれば幸いである。

コールサック社の鈴木比佐雄氏には本当にお世話になった。長文の解説をいただき、その中で千田光や祝算之介にまで触れていただいたことも有難い。

愛知詩人会議の会員各位、そして家族にも感謝したい。

二〇二四年十月

古道　正夫

著者略歴

古道正夫（ふるみち　まさお）

1959年、滋賀県生まれ。
名古屋大学文学部卒業。
愛知詩人会議「沃野」会員。
1992年、詩集『H市断章』（青磁社）
2024年、詩集『S村点描』（コールサック社）

住所　〒462-0845　愛知県名古屋市北区柳原4丁目5-19

石炭袋

詩集　S村点描

2024年10月31日初版発行
著　者　　　古道正夫
編集・発行者　鈴木比佐雄
発行所　株式会社 コールサック社
〒173-0004　東京都板橋区板橋2-63-4-209
電話 03-5944-3258　FAX 03-5944-3238
suzuki@coal-sack.com　http://www.coal-sack.com
郵便振替　00180-4-741802
印刷管理　（株）コールサック社　制作部

装幀　松本菜央

落丁本・乱丁本はお取り替えいたします。
ISBN978-4-86435-634-3　C0092　¥2000E